派詩婕

丁亥年初春也於
茶東陪先宗相
九秋閣一愛人喬毅書

For you, just!

婕詩派

秀實詩集

秀實 著

黃楊河岸的蛙鳴轟然響起
對面的一個城堡困鎖著一個朝代

——〈遇上一場霧〉

【序】語言的鳥巢

高運華

　　如果以建築來比喻秀實的詩，在我眼前出現的便是北京的「鳥巢」。鳥巢的結構特點不是橫平豎直，而是一種無規律可循的編織，或者說是潛藏得很深的暗合了力學原理的編織。鳥巢入口隱蔽，內部想像空間巨大。這些特點恰恰吻合了秀實詩歌的風格，他營造的詩歌宮殿並不敞開大門，而是一層層的包裹，這包裹本身便是一重重的表達。他在「傾訴」與「反傾訴」間欲說還休。他的隱晦曲折、含蓄委婉，恰是詩歌的多義性。他阻止著別人的靠近，又似乎在等待、期許著靠近他的人。他對讀者是有挑選的，強烈的個性要求著某種唯一。那是一顆安靜的心靈，有著獨特領悟能力的人抵達的驛站。這幾乎成了一場精神與智力的遊戲。

　　但是，一旦深入，你將看到一個紛紜的世界：內心的豐饒、情感的冷傲、精神的內核，一個內宇宙緩緩轉動的風景呈現，一片鳥翅，一根枝椏，一點淚痕，一滴冷雨，都凝結著痛與愛，凝

重、真切，浸透人生的況味。他寫的愛不僅僅是愛，生命、大地、季節輪迴與愛聯繫在一起，自然感受、人世沉浮和身心體悟與愛連接在一起。人生的眷戀、孤寂、空茫、記憶都在愛中閃現，它灰暗、蒼茫又遼闊，如一個靈魂獨自舞蹈。

「黑夜貼在柔軟的大地，感受灼熱的溫度」（《蝴蝶》），「燙平了的情風乾了的事／都在一次洗滌中隨水流而逝」（《浣紗和洗髮》），這是寫情也是寫人生寫生命，鮮明的意象、對比的張力，表現冷峻的生存，深情包含於無情。一種針刺般的力量無處不在。

「髮絲又同歲月一起長了／沖洗時我看到髮絲順著水流擺動／那是一尾魚的掙扎，在歲月如流的衝擊裡／我趕不上那等待，因為流水的湍急／那斷落的渡頭和河岸的芒草／都在前方，叫人不堪回望」。這首詩從洗髮跳到河流，從最細微到廣大，從具體的動作到高度概括的自然意象，表現了詩人詩歌聯想的豐富與跳躍性思維特點。

秀實的詩歌常有奇思異想的妙句，其新奇獨特令人耳目一新，如：「俯首用唇來堵著一天的思念」（《黃昏》）、「大地就只有疲倦的禾穗／捆在我胸膛內歇息」（《黃昏》）、「有蚊蚋繞著思想在飛旋／用雙手緊抓著起伏的暗流／來感受欲念的騷

動不安」（《枝椏》）、「從此思念便成為一條窄巷／僅讓一個背影穿過」（《斷章》）、「簌簌聲是時間的滴漏，穿越了天空的愛與恨」（《面朝大海》）……

我欽佩的是，詩人有如此密集的意象、豐贍的思想、環環相扣的象徵、跳躍的思維，現代感中不乏古典意蘊，折射出時代感，特別是碎片式、拼貼式的意象運用，風格如此鮮明獨特，又如此深邃，讓人不由得讚歎。下面的《穗園記事·蝴蝶》頗具代表性：

就看成是一隻蝴蝶吊懸在浴室的掛繩
有雕縷的花邊綴縫在翅膀上。春已失逝
卻隱隱留下深宵親昵時的痕跡
白天枯寂無聲，與我相對

黑夜貼在柔軟的大地，感受灼熱的溫度
焚燒過後，復浸浴于冷冽的泉水
那是一次陰陽的輪迴，讓時光重生
不作飛翔，生命就這樣靜靜的等待著

詩人由浴室裡懸掛的一件物體，尤其形而牽出蝴蝶的意象，從蝴蝶想像春天，「物體」由此獲得了一種生命狀態，它於是作為人的象徵出現了，以自己的狀態象徵人的狀態。詩貌似寫情感生活，但象徵的是更為廣泛的人的生存狀態。白天與黑夜的轉變也成了一個象徵，它是人生境遇中常見的天壤之別。如此多的轉換與跳躍，如此多的象徵與暗喻，一種內斂、私密的氣息，詩人只用了四行文字，足見其凝練、綿密與跳躍。

　　第二段跳出了具體的環境與物來寫，進入更廣闊的詩境，詩在昇華，從細小的物件昇華到了大地、黑夜，從靜默的對峙昇華到了陰陽輪迴、時光重生，但詩卻沒有脫離蝴蝶的核心意象，它只是上一段的呼應與開掘，從人生的象徵上升到了生命的象徵，深刻的生命哲學意蘊呈現。詩的奇崛之處在於，由私密之物，由貼身的最日常之物進入，寫出了一種宏大的生命境界。詩人把一種人生體驗、情感體驗、生命體驗落在一個最具女性特性的物體上，彌散出神祕色彩，異樣的生命氣息，具有濃烈的現代美學特徵。

　　與這首詩有異曲同工之妙的還有《淚》這首詩：

　　　　更清澈的水滴懸掛在抖動的梳子上
　　　　我看到這剎那墜落的，是另一隻蘋果

它不是草本，不曾有過花季
它讓孤寂的大地得到滋潤

我看到一種柔弱的話語
我潛進五月懸掛著的睡夢中

無人知曉，信仰以外
一切都歸於沉默時永恆便在

我們之間。

　　詩從一滴水開始，寫到蘋果，寫到大地與季節，再寫到人生的一種狀態，快速遞進，短促凝練，定音鼓敲打似的節奏，嘎然而止，落在「我們之間」。這一突然限定，把前面的詩意由泛指進入特指，變魔術似的，全詩因這一句全變了模樣——從一首存在之詩變成了人倫之詩、愛情之詩。如果我們把它作為愛情詩來讀的話，這種寫法大大提升了愛情詩的境界。因為，它有更加寬泛的所指，更大的包容性，因而更具象徵意味。

秀實詩歌捕捉的意象與常人不同，它融合了都市與自然、現代與古典，它的形象密集、跳躍，極少使用貫穿全詩的形象與詩境，凸顯了一種思維與思辨的色彩，表現了感受的深刻性、複雜性與豐富性。

　　秀實寫日常生活寫個人情感的詩也有例外，如下面《拉進黑夜》，寫得流暢、動情，直抒胸臆：

　　　記得那時你坐在窗前
　　　而窗外的街道上
　　　有你看慣了的風華
　　　你生如一樹夏花燦爛
　　　如今卻驟然黯落

　　　我是一枚果實等待著
　　　你或來收割
　　　或離去讓我枯槁

　　　不在場的現場有
　　　風雨和飄飛的氣味

回憶如垂落的
一張歲月的臉

臨窗之下若有我路過
並朝一條曲巷走向初見的拐角
背著的是你的北方和笑語

你轉身並拉下簾子
世界頓時漆黑成無窗之牢
我和背影都沉寂不語
愈來愈小只存留在
相愛這傷疤上

　　詩歌以窗為核心場景，寫愛與分離，把一種刻骨銘心的感情
收藏在「相愛這傷疤上」，這傷疤是「夏花燦爛」「一枚果實」
「一張歲月的臉」「你的北方和笑語」和「無窗之牢」，它們對
應著「驟然黯落」「枯槁」「垂落」「背著」和「沉寂不語」，
感情的深邃在不動聲色裡甚至在冷冷的敘述裡，波瀾不驚卻有撕
心裂肺之痛。這首詩意象雖多，但每一段只有一個核心意象，它

不再曲折、隱晦，而是胸臆直抒，這是強烈感情表現的需要，但詩人在詩藝追求上仍是獨運求新，詩的含蓄表現在細節的豐富與獨特上，全詩沒有一句直白的表達，而感情卻盡顯其中。

　　詩無止境，詩歌之路也是人生之路。秀實有著豐富的感情世界，精湛的詩藝，我們完全有理由期待他寫出更多更好的精品佳構。

（高運華，廣東省機械工程學會科學技術獎得獎者、珠海市科技進步獎得獎者、珠海市青年優秀人才、珠海市斗門作家協會理事。）

那段歲月已是全部，餘下的不過虛構
穗園社區的一切都依舊

——〈驚蟄，重過穗園小區〉

目次

下卷：二零一六年作品

【附錄】婕詩派宣言

二零一五年作品

仍然是命的，即仍然是在季節中不曾變改的
是一個虛擬的大雪日後，我孤單的愛
——〈大雪後，走過龍口西〉

婕系列01：另一種存在

現實中有許多暗角終讓我們逐漸發現
我擁有的感覺如一場夏雨般，堅定如此
那些蜂窩裡的吵嚷動搖著遞嬗中的季節
我只能以最軟弱的搖擺，來說明我在雨中的存在

世俗是危牆，我瑟縮地在它下面走過
路已消失而我歇息著的角落便是世界的盡頭
黑暗的影子成被窩般，蓋著這個孤單夜晚
無人知道我懷中仍擁有，那些美的光影

笑與沉默，都比說話讓我舒適
寫下了最無奈的文字來向死亡尋求救贖
負罪也是一種存在的方式讓一隻飛鳥
在穹蒼底下卻如在牢獄中，並無枝可棲

婕系列02：面朝大海

我看到那些平緩的流動和寬闊的芒草林
簌簌聲是時間的滴漏，穿越了天空的愛與恨
下游的歲月在氾濫，妳背著我，面朝大海

我看過溫柔，也看過容顏憔悴
拐角處的事物在孤單的燈下會發亮
今夜旅館臨窗，整個城市安靜地等待

我看著海平線上有一場大雨在醞釀成災
黃昏沒有歸帆，夜間沒有燈塔回轉的光芒
我認定的，僅是一個背影，沒有溫度

婕系列03：兩個世界

穿過城市的荒涼我們置身熱鬧的溫泉區
月色如鐮，高掛在連綿的屋頂上
黑暗中有蝙鼠的翅膀和發亮的麥穗
悲歎亂世中的詩句，流落在混俗的市井
如今落拓的我把自己囚禁在另一個世界裡

星光紛飛，漫空飄雪。妳的世界有陰晴四季
但沒有事物不在往復中逐漸消減著
十年前這裡有一場大雨，妳立在簷下聽雨
如今窗外的陽光灑落在那片夢想中的油菜花田

生命並不從容而過，都有著永恆的陌生
熟稔是危險的，語言也軟弱可枕
削髮為尼，落草成寇。都無非是一種隱喻
顛倒了世俗與夢想，今生與來世

婕系列04：書齋生活

藏身在那些堆疊的文字裡我渡過了所有的冬天
遠方的果實早已落盡，生命的叢林在消退
荒原形成之前，我目睹一座海市蜃樓轟然升起
那裡有雕欄玉砌的宮殿，有一個妃子叫婕好

此刻，我伏案，顛倒了城市的燈火
牆外的叫賣聲和汽笛聲疏落如吠月的蒼狗
枱上和我一樣倦怠的詩稿，伴著那盞偏鄙的黃暈
只讓漂流著的夢芽在漆黯中尋找到沃土

婕系列05：傷心

時間是綠簾子空隙間那株孤獨國的春樹。昨日的暮色推門而來
傷心燃著了一盞點子般的燈火並熄滅在妳那莫名的笑意中

婕系列06: 時間

我們從不曾遇上直至我與牽掛一同躺下
在這裡我尋找到那些攀爬著的記憶

時間是夏日的一場大雨把世界毀滅成廢墟
妳是魚，回游在平靜的湖底並知道水的歡娛

婕系列07：紋身

肉身是躁動的而思想如一場暴烈的雨水過後復歸平靜
看到我的名字植根在大地上如千百年前的書寫
那是刀的銳利刺進了秋天的竹帛，它叫鄂西箬竹

在微微血腥氣味中，隱匿叢林裡的孤獨的獸
壓抑著飢餓的欲念，並還原為衣冠
那時蒼白的月亮吊懸在孤島之上
鏡般剔透的海面底下有湧動的浪濤

撩開所有的衣冠便是對生命的一種忠誠
那雕刻般的，如祭祀時的經文頌揚著我的事功

沒有藩屬的歸順也沒有獨立的領土
我寫下的詩，如紋身般與肉身同樣不朽

婕系列08：婕系列

那些連綴起來的文字如迷陣般困鎖著蒼老的歲月
我看到滿天的漩渦把整個夜空揉碎
窗外的那個城市，如一座聖城般的寧靜
黃昏時有夏日的驟雨和瞞騙著妳的禱告聲
那是末世的預言我讀過有關的經文

消逝是事物的必然而永恆只是信念
當敘事完成，事件便以另一種方式存在
感情是虛構的存活，如妳這般華麗才是真實的
我苦苦修行著並儲存著很多的卷策
躲藏在無人知曉的倉庫內，夢著餘生

穗園記事01：睡眠

尋找可以棲隱的時間，我蟄居於省城
白天總是大雨而雨聲仍持續於
晚上閉門關窗的旅館內。或書寫，或飲食

躺下來擁抱著的是一樣熟稔的體溫
我目睹卸妝和寬衣後的所有真相
夢幻裡仍有黃昏時的一段禱告

窗外虛構為一個南方的城市
泛舟般的歲月如漂，彎曲著身軀如
一個胎兒般柔弱的心搏

穗園記事02：陪伴與等候

書寫是一種述說讓生命更釋然
閱讀才是真實的，如投於水瓶裡的石卵
陪伴著一個雨夜，陪伴著一個黃昏
如有一個亡國昏君在這紫陌紅塵裡

舊皇城內，那些商鋪和旗幡紛擾著
在末世中滿懷孤單，穿越人間世的浮薄
撐傘在街角，等候一個妃子的前生
功名榜上會有我的名字，並將寫入史冊中

穗園記事03：蝴蝶

就看成是一隻蝴蝶吊懸在浴室的掛繩
有雕縷的花邊綴縫在翅膀上。春已失逝
卻隱隱留下深宵親暱時的痕跡
白天枯寂無聲，與我相對

黑夜貼在柔軟的大地，感受灼熱的溫度
焚燒過後，復浸浴于冷冽的泉水
那是一次陰陽的輪迴，讓時光重生
不作飛翔，生命就這樣靜靜的等待著

穗園記事04：吻

忘卻言語，回歸於那曾經荒涼的世紀
那是最柔軟的接觸，簡單卻動人的聲音
把病菌傳予所愛，也激起了抗病的荷爾蒙
這生死與共的烙印，相依為命

穗園記事05：淚

更清澈的水滴懸掛在抖動的梳子上
我看到這剎那墜落的，是另一隻蘋果

它不是草本，不曾有過花季
它讓孤寂的大地得到滋潤

我看到一種柔弱的話語
我潛進五月懸掛著的睡夢中

無人知曉，信仰以外
一切都歸於沉默時永恆便在

我們之間。

穗園記事06：浣紗和洗髮

穿衣與脫衣間雜的在晨昏起居中
摺疊了的事沾濕了的情
燙平了的情風乾了的事
都在一次洗滌中隨水流而逝
無論多細意的拭擦都清除不了
那糾結著又拒抗著的頑漬

洗髮也如是。髮絲又同歲月一起長了
沖洗時我看到髮絲順著水流擺動
那是一尾魚的掙扎，在歲月如流的沖擊裡
我趕不上那等待，因為流水的湍急

那斷落的渡頭和河岸的芒草
都在前方，叫人不堪回望

just poem series 01：囚

成了罪犯我蜷曲於牢籠內的牆角
陽光下有雪白的鷗子飛越瞭望塔有腳步聲如黃昏的驟雨

牆外是更迭了的王朝，而妃子與讒臣仍在貪嗔癡
世界還原為一場大火，城市的夜色猛烈地焚燃著
我只能在無垠的漆黯裡抖動著微弱的慾念

囚裡沒有光陰，絕對的寂寥與沉濁的呼息聲
是簡單的話語如溫柔的水流過一個蜷曲的身軀

just poem series 02：等待

難以相互的溝通因為言語的歧義與多義
還有語氣的變改和嘴角上那偷偷的訕笑
軀體相擁時妳交疊在胸前的雙臂
是一種原始的儀式，讓野火不蔓延

窗外狂熱的夜色漸冷，或會有一場雨
但整個世界與我們無關我撫摸著
妳仍然蜷曲著身體如躲藏在漆黑的子宮內
天明時分，我將看到真正的妳在誕生

那時妳會說：生命在你，你想要便要
而我因為過多的擔憂把晨光引進
我要保持最安全的秩序讓妳出門去
等待也是一種歲月，不欺騙真實

just poem series 03：背

背著的是蒼老歲月，妳無須面對
仍光滑如絲的背面是那動人的
胸肋和脊骨。粘連著呼息與背叛
撫摸著那波瀾背負黑暗氾濫

前方是反覆咀嚼著的慾望
我不想描述，那有我收藏的記憶
和果實。所有柔軟的話語不能滿足妳
我感到妳背後隱隱的顫動和渴求

背光中，擁著白色的眷戀和慵懶
赤裸大地在等待秋分的祭祀
替妳繫上項鏈、扣好背鈕
在看不到的背景中有一個人
不用言語，用雙手呼喊著妳

just poem series 04： 我想豢養一頭小豬

屋前隔著一道小溪，對岸是城池的朱雀門
高聳的城牆內是一個天朝大國，但與我無關
為了理想，推辭厚重的官銜和俸祿
流放到這裡來，搭建小屋。小溪彎曲處
建一座筒車，聽旱季時咚咚的水聲
雨天時沙沙潺潺，窗外天昏地暗
城內那些賑災的官媒與貪婪的官函
料想都給毀滅在洪水之中

我想豢養一頭小豬，優雅的品種
開始時牠不胖，喜歡整潔，並在房內

東跑西跳作出煩擾的聲音和動作
我不忍責罵牠，我疼牠給牠無數的吻
或許牠是共產黨員，或許不是
我餵飼牠以最好的時光，牠會逐漸長胖
我把那柄鋒利的廚刀埋藏在屋後
然後在昏暗的燈下撫摸著我這畢生的事功

just poem series 05：錯

那頭有人坐在巨大的荒原上任由落葉覆蓋著她的肢體
我是錯了因為我埋葬了一張柔弱的臉容它曾沾滿我的吻
還給我淚水和飲泣，與乎那縈迴夢中的寶寶聲
像誓約般縱然地老天荒後仍有磨滅不去的悔與愛

just poem series 06：拉進黑夜

記得那時妳坐在窗前
而窗外的街道上
有妳看慣了的風華
妳生如一樹夏花燦爛
如今卻驟然黯落

我是一枚果實等待著
妳或來收割
或離去讓我枯槁

不在場的現場有
風雨和飄飛的氣味
回憶如垂落的
一張歲月的臉

臨窗之下若有我路過
並朝一條曲巷走向初見的拐角
背著的是妳的北方和笑語

妳轉身並拉下簾子
世界頓時漆黯成無窗之牢
我和背影都沉寂不語
愈來愈小只存留在
相愛這傷疤上

just poem series 07： 不說幸福

終有一天，不說幸福了
遍地都是落下的殞石
洪荒世界前我們立在巨大的岩塊上
瑟縮著看宇宙在完成天理的循環

而我們相擁著，彼此的體溫說明了
一個房間的溫暖便足夠
搖晃的大地崩壞了所有也
崩壞了動物園的所有欄柵

早上簡單的吃了麥片和雞蛋
晚上話語總是細細的若有若無
說艱難也能相遇，說唯一
就堅持不說幸福

just poem series 08：全能的她

小暑日誕生了一個教派
信仰著的一個人是全能的
可以讓我安靜地等待每個美味的清晨降臨
可以讓我吵嚷著，說出那些市井人物的名字
也可以讓我在沒有星子的晚上
把一頭小貓安放在床尾，把自己放在她的口袋裡

她也抄寫著經文，也會到市場買菜和買藥物
她能享樂，但不會懷孕
我聆聽她的論述撫摸著她的骨骼
她說，世間紛紛攘攘，我是這唯一的愚昧

因她的名，我建造一座城樓
讓這末世洪水，自山腳下流過

just poem series 09：來不及

常雲的步履慢慢移向西邊叢林而那裡巳無春花的零落
剩餘的是，夜晚發亮的眼睛和一把閃亮的鐮刀
我穿越傳說中的黑夜攜帶著一方石碑
遠方的山峰覆蓋著白雪那是一個快樂的地方

我來不及在屋後的池塘裡放養一對花鴨子
來不及給舊年的爐頭點上新火
也來不及把圍巾在妳肩上繞搭兩個半圈
風吹得好緊，夜色透過樹椏灑在我漸涼的身上

just poem series 10: 夏日

這個夏日，思念屬於一間臨河的旅館房間而熱鬧
是河道兩旁燃放的焰火。它們在空中爆破

我的船駛過雄偉的建築物抵達古宮殿時
百姓們列隊在城牆上揮動著彩帶

我尋找到岸邊的妳，已浣紗，復濯足
然後靜靜地泅泳河中。柔若遇溺之魚

我把妳撈起，並抱著妳上岸
而瞬間，城牆崩塌百姓慌亂

我踏著的已不叫國土，叫日出之境
窗外已無烽火，只餘淨土

just poem series 11：茌

那些結著果實的枝椏如舞動著的胳膊般
不能全都採擷，僅尋找一個孤懸著的季節
那裡有陽光雨水，有帶著奇異色彩的日與夜
也有長著灰色翅膀的害蟲與流螢

在家時妳雙腳盤曲坐在沙發上
外出時開車，留下彎角處的光陰
若有意外我便會降臨
如瀕危中聽到遠方那人說道：在

just poem series 12: 慶典

明天會有一場慶典，在國境之外
有夢裡出現過的妃子與鮮花
過去的與未來的那些人都集合起來

簽文上記載，我失去了所有的昨日
並懲罰我以一個永續的牽掛
即便也有聲名也有財富，我都只能為

一個人的頭髮繫上簪花。而我
已坐在那趟晚點的列車上
所有後退的風景都不及眼前的妳

just poem series 13：盈

整個生命於妳而言僅是塗抹肥皂液般的尋求一種淨化
閉著眼睛妳雙手輕輕地撫摸著的，是人性的隱閉
顫抖的春日禁閉在一個狹小的空間內肉體為泥土落花
思想茂密如叢林般。一場毀壩決堤的雨水把我們帶返洪荒去

just poem series 14: 此日孤單

此日來臨。我困在房間裡翻閱
那許多謬誤的書寫
月亮冉冉仕身後的山崗
那些生命中念想著的
終也會衰敗為秋雨中的枯葉

也典藏著某些憶記
收納在空洞的盒子裡
編年的方式與史官的筆法
紀錄了我落拓的餘生
如孤寂的晚風吹過曲巷

獨倚危欄，俯瞰孤城黯落
這皇朝崩壞百官流落的年代
牽掛著的那人，已化身為妻奴
所有的樓頭，都有我守候的風雨
飄飛在匆匆的浮生之上

just poem series 15：認定

看不到彼岸，只能認定那是一個溫暖的國度
和煦的陽光與藍色的人海說明我們仍在南方
我策馬，妳驅車，沿途有
鷗鳥和細雨追隨。而我是易於疲倦的

不動聲息，讓桌上雜亂的杯盤度過夜晚
簾外的月色訴說著我城的寂靜
可以不翻過一頁書，卻不可以不讓妳
枕著。並在睡前予妳喝下一夏季的熟梅

而歲月也老，步向衰頹。穿越
那曲折縱橫的市廛之中
我的修行如僧伽，詩般簡單的文字
較之歷史和肉身，更栩栩如繪

絕版01：後

立秋以後如給囚禁在密室般
思想萎縮，逐漸凝固為一顆流浪的
行星。帶著火燄劃過無邊的冰冷

晚間漫空都是節慶璀璨的煙花
人群背後有我微弱的光線如
話語紛紜中絕對的靜默

只有妳，睡前眺望這個城市
驚訝於漆黑的夜幕後
有那麼平靜如夢的南方

對著這般世相，我將致以
最後的演說然後推門
穿過喧囂走向那暴雨中的陌生地

絕版02：黃昏

黃昏之後樹下便無一點語音只有落葉枯槁的靜默
枝椏上的這個城市已暴露在季節的紊亂中
浮雲佇立著，月亮漂移如無人之舟，妳朝南而坐
徹夜不息的風讓我和我的往日萎靡在窗前

絕版03：與貓一樣孤寂

掩上廚房與衛生間的門口
用鐵欄柵把房間和客廳分隔
如批閱摺奏般深宵不寐在讀網和寫詩
而那獸，只能無精打采地
躺在秋涼的瓷磚地板上，盯著這個
只有風扇的風而無平原草動的荒涼

牠那褐黃的斑紋說明牠屬於猛獸科
出沒於堆疊的書山，伏在無人的沙發
邃巡於飯桌和椅子的腳椿如樹椿間
無邊的孤寂困鎖著牠原野的本性

有時我把牠困在三十平方呎的陽臺上
盆栽緊靠著如叢林，晾衣架外有星光垂落
牠會躺在欄杆上，靜看外邊滿城鐙火
當我到廚房喝水或吃藥時
牠會回眸，或發出一聲嚎叫
我看到牠那夜間的瞳孔如看到我自己

絕版04：永恆

我已知道錯誤而我堅持走向自毀的終局
那非一場遊戲，但我有笑臉像在遊樂中
尋找的那人和那人的牽掛，都是茫然

除了詩歌的語言，我不懂語言
荒誕的世界下著一場冰雹
打砸著我小心翼翼搭建的堡壘

我是無枝可棲，非關樓房與產業
遊走在白天的城市與黑夜的城市間
尋覓無人知曉的時光，叫永恆

絕版05：金線菊

小如點子的燈點亮夜晚，我卑微地活著和寫詩
無數的人群在流竄，而一個人卻漸漸有了妃子般的命運
平地上我們各處一方城市與城市的高樓相連到天際
安然無恙的歲月底下，仰望便成一株金線菊

在臺北01

臺北的街道和商鋪是和許多城市不同的
它是一種書寫，閱讀起來會聯想到
那些生命中許多的茫然和無奈。譬如
看不到的屋瓦上其實有許多傷痛的季節
歲月在夜闌人靜時沉澱為痼疾

關閉在小樓上如同蟄居在一間旅館
身外紛紜的事物都枉然，惟有三生一遇的
才叫真實。短暫的存留令我們迷惘而
真正的沉溺才是永生。我說臺北
是一座城又是一次輪迴

在臺北02

大道如矢，盡處是秋空的高曠
我渴望柔弱的生活讓我能全心全意地
踩躪著，並恣意擺布著那些姿勢
焦慮與陰影隨黃昏而至
我躲進紅樓，只賸餘寥寥的文字可數

流亡在這個府城，容易令人設想有
一個稱我為陛下而自稱為奴家的女子
惟擁有權力才擁有真愛。每個夜晚
愛都是生計的一項。於是，孤寂如
車水馬龍中的重熙門，徹夜點亮燈火

在臺北03

總會走一次西門町，總會感到軀殼的
快樂和痛。在這個夜晚，我有了
最優秀的述說卻陷入孤立之中
若有詩歌和詩人召集一個聚會
我會囂張地，建立一個婕詩派

時代已變，尋不到農耕的愉悅
只能吃著薰或烤的豚肉不能看到
一隻豬睡眠時的樣子。捷運站連綴著
捷運站，像遊走在夜空的星圖般
我劃過八月的一零一大樓如冰冷的篝火

在臺北04

尋找身分和書寫，因為我忘記了承諾
也忘記了那些荒唐與薄倖

而那些落果或得到救贖，它終會摔倒在泥土上
讓卑微的種子發芽。有空氣有水份也有
愛。一個人的愛是存在的
我從臺北舊城的屋簷下走過，或許
有人在咖啡館的落地窗前看雨
或許我認定，或許我們認定
僅僅是一場雨，便是臺北城的明天

空洞盒子

己老了。搬移不動陽臺上的植物
它們的枝條便交纏著如日子的臉容
顛倒晝與夜，白天我浮蕩在柔軟的床上
像秋空的一片雲。活著不比蟬聲更重
窗外是一個大城市，話語和空氣
都混濁成一個蒸氣鍋爐
而妳卻愈長愈年輕，讓人擔心
瘦削的肢體總讓我想及
一束沒勇氣燃燒的火柴

若等待。則我必得長壽
詩與肉身誰腐朽誰不朽
世相不過是庸人與俗人們在述說
詩人總不能如我，感覺生命是
窮的絕境和冷的絕域
美是因為思想與夢中都有了妳
擁有一個版圖無窮擴張
陰晴之外，靠邊靜靜等待著的磷片
是一個盒子，若妳燃燒，我即空洞

窄門01：那城

水土和妳一併孕育了理想的國度
彎曲的支流靜靜地穿越其間
南方的城市和天空，順著河岸延伸
那間旅館的房間和孤獨的燈光
在星空的圍困中成了
一座棄置的燈塔，黯然照著
妳歸去的路途沒入夜色中

窄門02：那人

秋分過後西風捲起了半生蒼茫
酉時醒來，滿眼盡是一個城市的寂寞
想像中的油菜花田焚燒著漫山遍野的夕照
有流落的緣份消瘦一如簾後黃花
安靜的是妳，在風裡搖擺的是
睡夢裡的那個書齋與消失在
燈火欄柵處的人影

窄門03：那寺

一座佛寺在雨中等待著此生的我
而我攜來了來生的情緣
在蒲葵墊上默念一場秋雨的永恆與
妳剎那的一個回眸。此生已逝
已逝如同寺外群山的歸鳥
沒留下一縷人間的煙霞卻有
徹夜不眠的燈火照亮在闔巷中

被拯救01

徹夜不眠中，所有的月色終會散淡為黎明
垂落的簾子如水塘的壩攔住了所有的雨季
思念愈積愈高，抵達了慾望的警戒線時
我感到身體和思想沖擊著脆弱的定義
長久的認知回復為一個簡單的名詞
我不知道，那個人往哪個方向走去
而神蹟終必兌現，我是最後一個被拯救者

被拯救02

紊亂的歲月中我不能堅守立場
四壁全是堆疊和混雜的詩歌本子
放養一頭貓，種植幾株秋蘆葦
看城頭的雲舒捲，有時飄下苦雨

隱藏著的都是弱者卑微的存在
船已滿搭載不了所有過渡的旅客
我潦倒如亂世中的智者
一再播遷無人知道我的行蹤

蟄居在某城東北面的一個書齋
點一盞燈擁有一張書桌
再擁有無數個南方最後的夜晚
與乎那株樹的被冥想

青蛙河畔述懷

立冬之後，我來到了青蛙河畔
晚上已聽不到那一陣緊一陣鬆的聒噪聲
旅館房間內我也瑟縮著，偷窺窗簾隙縫間
那微薄的月色。河畔有結滿白穗的蘆芒
青蛙潛伏其中，牠們靜待著
一場雪。把一個年頭埋葬

明年總有焚燒著的火，也總有流徙著的
羊群，隱沒在曠野的星光下
我在書寫，並以之抵抗那些流言詛咒
我撰寫的所有，會結集為一本經文

讓你信仰著，並相信那未被發現的村莊
有一間房子和一盞燈，足夠渡過寒冬

在一個偏遠的小城

抵達這個小城，看湛藍天空上雲的白
此刻的境況便是一株古寺前的樹
比所有的存在都更為沉默。凡間是場慾火
當一群自由的鴿子歇息在斜陽裡
我穿越雜亂的市集和曲巷裡的伽藍

記掛著的那個人，現在活在另一個時光中
她也作息起居，會有婚約也會有外遇
蟄居在舊城西北的旅館，所有的都是前生
活著的軟弱，變改不了我的頹敗
今日立冬，而習俗遺忘了孤單的我

淇奧01：橋

走過的那度橋在陰雲底下，如孤懸在俗世外的
時光。我是與所有的時光脫鉤了
在風中茫然，存在，如節後的芒草

有時在前有時在後，妳即所有的時光
橋外的那個城市愈繁華我愈落拓
只餘一物，冬日，如在飄搖中

我們站在橋的最高處，看城外風景的
整幅黯淡。城裡城外都與我無關
歲暮在降臨，沒了，我已不信任彼岸

淇奧02：左耳

有一種耳語是沉默的卻讓妳疼痛
附在妳的鬢髮間，隱藏如一只有螯的跳蚤

渦輪般的形狀是聲音的迷宮
泯滅了所有的痛感與快感

渴望安靜，渴望市廛或者天籟
空氣中塗拭有著薄荷味的香草蜜

左耳是性感的當妳躺下來
因它能喚回那陌生了的右側睡姿

淇奥03：圍巾

用絲縷編織的歲月終於成形為一襲圍巾
它纏繞著以後那個屬於妳的冬日
不管灰雲間有沒有光芒，都有
一個瞭望塔在石灘上給妳照亮

漫空大雪，它覆蓋在一雙瘦削的肩胛峰上
我卻衣衫襤褸，寄居在一間破落的寺廟裡
挑燈不寐，讀經寫策，收割最後的荸薺
天明妳策馬起行，我卻仍在夢裡瑟縮

妳常說生命的疲累
但生命的疲累會是一種愛，或被愛
如一襲圍巾，總是簡單而耀眼的
在季節的樽頸中，馱伏著，等待著

二〇一六年作品

我是飢餓了，因為不歸的那人耽於逸樂
夜愈深沉，馬路像無盡的河川隱藏了它的
消融與誕生

——〈西羅西咖啡店〉

四詠物01：雨雪

雨雪霏霏，我抵達江南那鎮
那裡有一個女子，最好只如初見

雨霰打在車窗上，那鎮的路上寂寥
旅館的燈依舊，夜與門後的她依舊

四詠物02：黃色毛衣

顏色是實在的，因為飛揚的思想倦了
它停駐在一件事物上。譬如說，黃
我想到檸檬茶與泥濘的土路

黑夜裡惟有黃色依然存在
它如一件毛衣般，有時擱在床沿有時
與另一件黃色衛衣縷疊在房間內

睡夢時，那一襲黃色毛衣
懸在衣櫥內，離開了那包裹著的瘦削
讓白天的摺皺回復平靜

四詠物03：茶葉

包藏著的葉子是心事的捲曲
在沸騰中，葉子散開
是妳的溫度。寒夜裡，我獨自把盞
看雨雪打在玻璃窗上

四詠物04：羽絨衣

攏聚著羽毛，想像北方的雪白
那時，一點點的冷都明顯地看到
慘白的南方詩壇，詩人紛紛用詩句
抵擋並保留著那場雨雪

我們也寫詩吧。我們在疏落的餐館裡
吃著簡餐。今晚又得下雪了
披著羽絨衣，穿過曲折的街巷
君乘車我戴笠，他日會再逢一場南方的雪
那時妳必依舊而我留下的也依舊

丙申春節

春節僅僅是一種書寫，讓燄火升起在高聳的樓宇間
也讓炮仗在鄉間的泥土上迸裂為豐年

困在一個小鎮的旅館內
一扇窗簾，便把所有的城市回歸到春海棠的葉子上

想念的獸，想念那些經霜的面孔
這個夜間來臨時我守候凌晨遲緩的星光

不知身是客也不知已蒼老如許
丙申了，丙申了，人躺在有蓋的夢裡

一行詩便穿越歲月的永恆

想念的獸

燈節的晚上我在燈火闌珊處想念著
一頭溫馴的獸。牠那榆木枝椏般的骨骼
在風中保持著安靜的姿態
牠如披著遠方天空一般幽渺的圍巾

我們會說下雨的晚上而不說雨夜
這眉眼般的語言讓我喜歡牠的細密
我漂泊無依，牠卻蹲在樓頭沉默對月
這般境況映照出那些詩人筆下的虛偽

我想念獸而遠離城市，也遠離詩的謊言
牠本性恆常柔軟，窩藏於家
牠把歲月壓抑，只專注於叢林的一場大雨
思想沉重的落果，它的前生是盛唐花開

驚蟄，重過穗園小區

潛伏著的想念終於甦醒為生存的觸鬚
春日伊始我重過穗園社區
那些茂盛的樹木恣意地繁殖著
不知道下一次刈割的輪迴
感到頹唐的是，那長久不變的街景與欄柵

通往舊建築的堦梯寂靜無痕
水泥地上投影著篩子般的光陰
我寂寥地走過，樑柱後的大門內
有身影如褪下錦衣華服的往昔

萬物也都甦醒剩下一頭小小的獸仍睡著
那樣也好，可以讓生命好好地歇息
那段歲月已是全部，餘下的不過虛構
穗園社區的一切都依舊，我仍堅持
生活如等待一次相聚的依舊

臺北的雨

客旅光陰，遇上了臺北的冬雨
特別想念一個城市和城門外的那人

此刻，生命即是一種洗劫
我撐傘穿過那些轉折的巷弄時
即如一尾迷路的魚，惘然於前方的
浮光與掠影。尚懷抱著的僅是

難以述說的軟弱與欲望
我尋找到混雜世相中的信仰

當風的是窗外歲月，餘下的
是關押在屋子裡，腐草般的文字

蒼老是一個貼身的囚牢
連著的樹木與路過的城市
有陰影，有雨水
也有緩慢燃燒著的燈火與螢火

遇上一場霧

籠罩著這個城鎮，那灰，那迷茫的
是我春天裡的旅途與擺設
我乃穿越一個夜晚。走過的大地
它與蒼涼無異，卻如即將誕生的胚胎

一堆枯枝，燃燒是一種選擇
更願看到沉默中的幼芽，長成夏花般
璀璨。我會從花叢底下走過
我會忘了曾經有過一場這樣的霧

餘下的只是一個季節，和一些枯槁
之事。那述說不完的生命的苦與樂
在霧裡隱藏為果實般的色相

我寬恕了所有的存在，所有的詩行都將
一筆勾消。重重圍困的霧裡
我淡然的睡去，窗外所有燈火都在

瑟縮著。黃楊河岸的蛙鳴轟然響起
對面的一個城堡困鎖著一個朝代

事物都終必穿越飄浮而落下
燕窩裡將有生命嗷嗷待哺

湯泉

那一泓沸騰的水讓冷卻了的世界擁有慫念和烈焰般的色彩
寄存在網絡中那系列的詩篇,重新把迷霧般的過去與荒誕的世相
詮釋為我一個人的天堂。命是翅膀卻流離失所的尋不到簷下的鳥窩

一念

一念是荒涼日子裡，衣食意義的全部
可以詮釋那些沉沒在橋頭上的雲彩和晚歸的海鳥
我恆常垂下簾子讓黑夜和城市一併消亡只餘時間如漏
一個人的生活是一本提早絕版的書

我時常遠行，有時遇上驟雨急風
滯留在雜亂的候車室裡，我是惟一的飄泊
廣播會說，天氣太壞班次取消，我暗暗竊喜
我和所想念的，延期居留在某個鄉鎮旅館裡

仟佰次想念或一念的相依，都是時間的過客
而後者如夢裡的畛域極小也無垠
日影已斜但夢仍未熄滅，它恆常潛伏在
另一種叫詩的曆法裡

孤單

我穿越城市的巨流，讓世界的燈火和喧鬧在背後
讓那所房子空洞，在日暮時黯淡成一個時光的囚牢
黑暗裡有一頭獸潛伏著，在牆壁的角落
我沒有遺忘，牠安靜如影子，只說簡單的話語

我不曾歌頌春天的霪雨和薰風，只紀錄了我的敗亡
懷疑一切的人和事物讓思想糾結為詩篇
身體卻逐漸空洞，直至那頭獸足以安居於此
而我的孤獨有了溫暖，如夜色中一盞燈

當生命成全了理想的世界，我便歸來
那時落葉如雨，秋色稠密
我叩響的那些門後，光陰依舊
那頭獸仍在，牠仍說著簡單的話語，愛你

滿地蒹葭

那幾個漂浮著的，是我存活中的一點牽掛
當我遊走在這個滿地蒹葭的小城時
它們在暗黑裡發出微小的光芒
如夏雨後的螢火般盡力幌動著

詩歌背後是一個浮華的世間我忽略了其中的
規範與教條。叛逆而行的生命在萎縮
許多柔軟的膊胳依靠如連綿著的南方山脈
我疲累欲睡，但徹夜有聲音如大地崩塌

世間並無一個相同的命運而我孤寂的
寫詩與漂泊著。萬物聚散無時，並沒有
所謂的緣。命是一次性的消耗，它的翅膀在
退化著。夢沒有眼睛，所以那黑暗無邊

遠方

河流帶著白雲愈走愈飄渺
天空此時已無一物牽掛
那人長成一束枯枝般
而秋天的落葉
如今都長在我的身上了

她的影子凌亂不堪
季候的訊息，歇息在她那裡
她一直沉默而我開始
感到城市的淡而乏味
她是遠方，我只有流浪著

陰暗與美好

從陰暗的甬道走來的是那些原始的美好
簾外有陽光穿過濃密的樹葉投影在水泥地上

不容易詮釋的，是衣服與那些金銀珠寶的存在
因為流過我身體的水，都曾經是天空的雲

我聽懂那些簡單的語言因為我尋回隱藏著的記憶
有赤裸的飢餓，有困鎖為囚般的春夢

疲倦與軟弱屬於這個年代，而遺忘伴我一生
所有的終必分離，終成陌生的巷道，為另一座城

來自陰暗的，也許比陽光底下的更為美好
若再堅持。寫詩即如寫命般，涓滴而亡

登小樓聽臺北的雨

窗櫺外傳來雨聲，始而滴嗒於鐵皮簷篷上
瞬即急驟為霹靂的巨響。眾人口裡的詩
蜷縮為一季蠕動的夏蟲。而牆壁上
那箋美女詩人所描述的柏拉圖
也幌動如一片，衰弱的杜英的葉

城市在一場滂沱大雨中，漂浮成一個孤島
我隱匿著，以書寫和想念來抵抗這些
不辨冷暖的容顏和目不可測的世相
文字與我均逐水而居，都是卑微的
幸而殘花敗柳也是盛世的色相

聽雨聲如顛撲不易的真理，具堅定的節奏
此刻我在窗前，我知道我的宿命已浮現在雨中
那不必戳破。想及遠方，想及做與不做的愛
而人們把往復的陰晴看作相同的
輪迴，我卻以為那僅僅是一場臺北的雨

公館記事

我憂讒畏譏，流落在這裡
不跨馬不帶刀披著素衣夜行
這是最後的一座城，讓我藏匿
書寫著真相，揮霍著財富

山外漫天烽火，我無家書可寄
心已空無一物僅餘一隻小豬
日子已不能回歸到最初
那時我貧窮卻可以擁抱著夜間

而現在我看著公館的燈火
慢慢燃亮又在天微明時熄滅
這裡安靜，所有的事物都以
簡單的方式來相依又相分

因此我容易感到衰老
思想卻如有牢固的欄杆
曾經被牢牢困住的那頭小豬
將不再柔軟，並將放養到彼岸

黝暗的海

那成了一片隱蔽的領域無人知曉
如不可測量的夢土，沒有色彩和光芒
零六年以後它緩慢成形。先是迷茫混沌
我開始孤單的穿梭於那些曲折的巷里時
它逐漸攏聚為一大片的黝暗，如疫的蔓延

我常不以為然，常穿梭於世間的庸脂俗粉
深夜在樓頭俯瞰整個城市的荒誕燈火
夜愈深而城市也黯落如海。我常想到毀滅
因為我看到燈火和大海扭曲了它的光與暗
城市的鴉與大海的鷗已變改了預言

那大片的黝暗仍在而我終於發現當中的
宿命。它埋藏著一些微弱的光芒如
月夜下發亮的珊瑚枝。我會創造神話
並泅向那片黝暗。那些珊瑚枝會
長高，在光裡運行終而灼灼其華

詩

叢林的光陰是荒誕與卑濕的,並懸掛著許多腐朽的花
那些顏色是一種惡言它們按季節轉換。當我快抵達終點時
我感到大雨自山腳而來。那些最高的樹梢與枝椏上
豎立著的是一片陌生的青草地。而它們不曾有過星光和履跡

治療三記：療病記

想念也是一種病它讓時間與空間都變換為另一座城市
那逾十年的病歷如　本書冊之厚且有小說的荒誕
寄生於體內的病菌如斯單薄卻又如斯經歷風霜
我遊走在那些被污染的城市時，每下而愈況

未能確定回歸的日期那只能不間斷地漂泊
尋找隱世而絕色的，或許是失傳的記載
當我翻到那段日子時，我發現如今
我已然存活在來生，而那人也是一個病

治療三記：療傷記

帶著一本筆記在一個無人發現的空間內書寫
變改不了結局的敗亡，而我的教派將盛行在淪陷區裡

會有紀念我的畫像和書冊，也有嘲笑和誣衊的
而只有一個人在燈下擁抱著我的文字入夢

園內那些邊緣如刀般的葉子茂盛地生長
秋風不來，九月未至，而我的等待已結束

因為帶著創傷的我已然倒下。城市歡欣如舊
我以睡眠來替代生活，讓夢來牽掛

治療三記：療養記

這個區與其他的同樣展現出這個城市的平庸和蒼白
悠長的烈日中乾涸的馬路等待洪水般的暴雨降臨
蟄居的旅館房間沒有一扇窗戶所以沒有暗夜
我的睡眠反覆如舟，因為河道總是彎曲的延伸

鏡子卻是豎立的河，那倒影是我的仇讎
它貼近這個城市的世相，慾望與偽善
而病中的我已軟弱乏力，扶不起一個黃昏
只能想像懷抱著一束枯枝，等待點燃為一場烈火

八卦嶺記事01：睡衣

柔若流水的姿勢裡有著極其暖和的肢體
瘦成枝椏仍能讓暗夜在無聲中棲息為漂流的家
夢的語言是胸口上起伏的呼吸，如此徹夜地
談論著一個神話，和遠方的一場驟雨

神話是存活的，當世界倒轉來看
有不可思議的力量讓我加冕為王
並擁有一個愛妃，代我上朝佐我執政
當黑夜過後，人間重臨時
那遺留下的睡衣僅僅是一個痕跡
摺疊為歷史，一個的革命失敗者的短暫王朝

八卦嶺記事02：玻璃門後的水聲

那些流水在另一個空間內，化為一場夏日的大雨
沖洗著叢林裡，唯一具有季節和體溫的那株樹

這裡卻是晴空萬里，無雲也無煙
我讓生命歇息著，我知道綿長的雨季終會過去

那洩漏的訊息告知我，豐收和荒年恆相依為命
枯樹之下，也有豐盛的秋季也有渾圓的果實

驟雨歇止了所有的赤裸又建立了一個避雨棚

八卦嶺記事03: 葡萄

如此便是一些舒適無比和簡單不已的生活
那是咀嚼不完的季節，當我尋找到生命裡的葡萄架

八卦嶺記事04：暗黑的房間

陽光透進這個空間裡，我在記錄一次行旅
若逃遁在一個山嶺上，不想來口

撰寫的所有，都是以罪狀為名的宗卷
已不能接觸那隱秘的地方

暗黑的房間是一隻夏日的蟬
尋不到蹤影只餘聒噪的季節聲

熄滅了所有燈火，就看到房間內妳的影子
一天之中，妳在起居，在上班，
並委曲地把手放在胸前，說晚安

詩帖01：窺

裂痕是妳的豐腴，暗黑是妳全部的慾念

詩帖02：一顆螢

因為生命的暗淡妳捕捉了那一點螢光予我
夜讀時我尋找到那關乎信仰的神祕符號

詩帖03：腹語

撫摸著妳的小腹如聽到妳的話語
黑夜與夢健康的活著，白天與飲食才是慾望
沒有曲線的聲調較之喘息更接近鐘聲

詩帖04： 燈海

終於我們登上城市的高原，時近黃昏
燈火瞬間便遍地的焚燒著一個繁華的盛世
而我是蒼涼的。我看到那些閃爍間的浮塵與暗影
太陽已在背後，我以觸摸來感受那脆弱的黑夜

過馬來亞半島01：夜宿吉隆坡斯蒂旺沙

這裡有絕對的夜晚因為我可以在子時前入睡
牆壁深淺不一的綠色是無盡的叢林
風自旋轉吊扇吹來，吹拂著安靜的大地
萬物歸於序列，夢也有它的色彩

我躺下，我叫所有樹和星光都入睡
所有的事情都留待明天才發芽
所牽掛的，如房間內的那個古老的楠木櫃
它前生也是樹，也在夢裡生長

過馬來亞半島02：吉隆玻武吉丁宜的動物

先遇到一隻灰白的小貓，牠的姿態說明了山裡
孤傲無伴的生活，牠和我一樣沿著光影緩慢地走
我們同時看到一隻松鼠穿梭在枝椏間
牠不善於等待，以攀爬和跳躍來算日子
稠密的林間隱藏著兩只紅耳鵯
我聽懂鳥鳴聲我知道牠們此刻兩情相悅

回程的車上看到，一隻巨大的蜥蜴橫越馬路
遠古的歷史來到面前，是這樣一步一步的越過危難
有人的面孔卻也有人的橫蠻無理，那只猴子
瞬間遁入林中。小狗在一條溝渠上憂傷徘徊

我說，萬獸都應在林間，唯獨那頭小豬
應棲息在我有欄柵的心裡

過馬來亞半島03：吉隆玻塔晚宴

整個城市是一個快樂的蛋糕
吉隆玻塔如蠟燭般
我是燃點著的餞火，那個晚上
我懷抱著幽渺的願望，把我吹熄了

過馬來亞半島04：居鑾夕

帶著一抹麻六甲海來到燈火疏落的居鑾
所有的樹木和房子，從薄暮到黑暗的天空
都變的如此不同。我描述不出來
當我們把酒喝盡時，我感到異常的奇幻

這個小城沉睡時是屬於星空
所以一切都不似人間
在夜色中我的身體逐漸柔軟
乃至於我的慾念與牽掛都能
安然地與這個小城，相擁著

一夜可以讓所有的都腐朽無痕
而我的不朽，則如詩般，它百年孤寂

崖與門

如歲月一樣所見的都已歸於平靜
世相總是沉默無聲，而所有言語都是笨拙的表述
你是沒法可比擬的一種存在只因立在這個崖門上
所有往來的船舶與流雲都僅能留下
短暫的陰影。只有你才是永恆的停留如
我詩卷裡所預言的而終成為歷史

背後總有太多不可明暸的事實你盤算著
我感到時間的重量和空間的流動不居
走過那些廊道時想像到所有的成王與敗寇
想到權謀與聲名可以保護所愛

牆壁外榮寵的夏花與心裡枯槁的枝條
都是一種生長的狀況，都擁有簡單的水份和信念

貂鼠

這片雪地不是平坦的，它布滿了摺皺和捲曲
我想起不下雪的南方，想起赤裸和
極地中一尾迷途的貂鼠

大雪確曾遇上而貂鼠僅僅是一種書寫
牠雜亂的皮毛沾滿了粒子般的雪花
極細微，我視作沐浴後的水份子

虛構的貂鼠，喜歡伏在我的身上
茸細的毛髮散落在蒼老的大地
心搏如旱季時斷續的溪流，迷糊中

常以為是黃昏裡教堂的鐘響。我祈禱
那是天國和地獄的分岔口
疲倦之後，生命便在拉扯間磨滅成

夢裡的蒼翠。而貂鼠不曾出現在草地上
南方不下雪，南方有殺戮的花豹
日漸腐朽的肉身上有寒牙利齒的的傷痕

小港機場遠眺高雄市區

桌上是一幅玻璃屏，外邊寬廣的地坪上有歇止著的旅途
孤單的我回去了。這座南方的城朝著一灣海水
在喧嚷的潮汐和靜默的日落中，我也有話語也想沉寂
而然在等待中我才發覺，生命其實是一場遠方的大雪
南方的城和南方的妳是陌生的，因為所有的無非都
歸於我永恆的詩篇。

詩歌也是一座城堡，也有那些讓人流連的巷弄
詩歌較之一座城更宜居，因為那裡有永遠不蒼老的
故事。城內焚燒著那些虛假的燈火，而我的詩卻
下著永恆的大雪。我在生火，給一頭虛似的小豬取暖

牠簡單，在睡眠在作業。有時牠走失了
在修補那欄柵時才發覺這個城，也如此溫馴可棲

與禽畜談詩

詩即便是命，知詩即知命，我是如此述說
那些以翅膀飛行，以四肢奔跑的
均不明白真相存在於季節與烈風暴雨背後
牠們的語言恆簡單，或吠月或鳴春
叢林固然有它的定律，然而
繁複的句子方能應對繁複的世相

小豬的智慧是最高，而牠卻迷失在叢林中
危機與險境埋伏在四周，牠渾然不覺
我也與牠談詩，牠會把語言視作鳥巢
說，可以居並可以歡快地生育

我路過那些動物園般的領域

詩不以文化，以一種解渴的飲料般延續著

臺東

臺東和我一樣地不想說話。我把自己關在房間內
或寫作或冥想，而臺東沉默的山和水
也一直不變其形貌。季節與歲時均不在此

午間走在路上悚然驚覺，我是一個詩人
腦海中的詞語如浪濤上的泡沫，與天地相比是
如此的柔弱。但我尋到潮汐漲退時的規律

然而最軟弱的，不是詞語，是在雲端掠過的
轟隆的噪音是一種虛假的述說。在浩瀚之前
除了忠誠的文字可以生長，所有的都將腐朽

行走拄叢林之上

天國瀰漫著雲霧，此刻我正緊接在邊緣
一條繩索牽引著午後的歲月。而我仍在人間
貪婪和饑渴的慾望如存活的動力，讓我
感覺生命是一種虛空，終歸於無有

畜牲道在叢林之下，那些吼叫聲
把這裡一大片的樹木塗抹上原始的野性
牠們或許比我更為自由，因為
沒有思想的肢體是充滿力量，並且

能把性愛看作是一種存活。吊懸著的
此刻，我仍感到亢奮與雀躍
不藉山風，就沿著這根繩索
讓時光往復徘徊在天國與畜牲道之間

住民宿

在這裡我總不能忘卻那些災害，譬如說風暴
而高臺所眺望到的，卻總是美景
譬如說卑南河與都蘭山，都是失卻文字的
美麗的存在。我說，原生態這般詞語戕害著詩歌
而真正的詩歌語言卻又是一種原生態

隔壁是一個詩人的居所。我能見到她
我猜測深宵仍亮著的窗，是詩蛹在蛻變中
每天我都看到她居所前的兩頭牛
豢養著牠們的那幅綠色草坪，那些物種相依著
沒有道德與律法，而都較文字耐讀

那些在打狗鐵路故事館上的風箏

它們有歡快的表情，它們自由地翱翔
鳥瞰著那幅南方的綠草坪，背著藍天
我抬頭看著那些簡單的飛行

我感到很舒坦，內心很平和
彷彿一株樹忘卻了陰影和逝去的風暴
我在生長，並將在秋天落葉與萎縮

直至南方有更蒼老的海岸，古文字成熟為書寫
我或成蔭，或有人在我的身軀上掛著
一個金屬牌子，刻上了兩個字，秀實

夜雨西門

寧靜得餘下雨水和積水的燈光，疏落的行旅消失在
騎樓底下黯淡處。熱鬧已逝，我穿過西門町
往日如骨牌般倒下後重來這裡我面目已非

町是一個空間曾經繁華而如今是一種遺忘
我也尋找不回那些歲月。愈來愈小的是
孤寂地等待。立在雨中的街角前面是一座空城

有常態的雨落在深宵也有不常態的話語讓我悲傷
生命像堅持著的一頭獸潛逃在黯黑的叢林裡
仍逡巡著，看那無邊的夜色在雨點中發亮

雨落坪林

徹夜的暴雨落在坪林的這片茶葉上，我離去了
而當晚我關在旅館泡茶時那場暴雨仍下著
我相信，這場暴雨會恆久不止地下著
直至我把茶喝完，如嫩芽般睡在床上時
它仍會下著，讓我的夢也漂泊

房內

最軟弱時我會想到那些日子
旅程短得像秋葉從樹梢緩慢地掉在沾濕的泥土上
幸福太輕，如螞蟻搬家，往一處陰暗角落移動
尋找一個人跡罕至的地方可以讓現實也休歇
愛與倫理在消失中，沒有三言兩語的掙扎
一個港灣從不同角度去眺望都是
生命裡叫靠泊的守望。訊號塔恆常等待遠方的訊息

房門內是一個空間，是生命中的夢或者燃燒
而現實也是一種夢境，我們在尋找片刻的復甦
那些虛假的東西陳列著，包括壁上的燈

如冬日般雪白的枕和被褥、那些夢囈般話語
我感到體溫在變化，感到原野在形成
食肉吮血時的動作如欄柵裡飢餓的獸
那是舒然裸露的時光。而那消瘦的小豬仍在遠方

秋在張江

房間內有詩歌也有秋天，也有秋裝為我添加了
驛旅中更多的長亭與古道。我歇息在東邊的一座城市
而浦西只是一個俗世的詞語此刻與我不聞不問

這裡是張江，一個悠長的姓氏與一條流水
便即是篤信著的命與質疑著的緣
來了，生命便有了蛻變或許美好或許醜惡
都將是一種祝禱，讓我沉溺在今年最後的時光中

樹木是城市的皮膚，而愛是呼息
我們吐納著這個金黃的秋天，快樂並感到軟弱
此後張江會下雪而這便是詩中的雪泥鴻爪

有歌聲沐浴其間，下午到處布滿了百合的色彩
稀薄的陽光停留在枝椏間時光在歇息
此刻我想到翅膀想到歸宿與皈依的一致
都是返回那個叫悟的柔軟，像睡夢般沉靜無語

問貓

房間暗黑寂寥，窗外一片秋
一盞夜燈伴我沉靜的枯坐
念歲月奔馳如蹄，瞻前不能顧後
一頭貓在沙發上似猛獸般伏在山崗
是所有變化中，唯一緩慢的存在

我竭力走到沙發，弓著腰
問貓我抱恙的身體如何
貓貼在我臉上反覆廝磨著
牠閃爍的眼眸說明我的健康
那渾濁的喉結聲像安慰我的憂傷

我跌坐地板上，那大地清涼如水
西風吹過欄柵上凋零的枝葉
背著城市兩三燈火我回首
再問貓，就這樣相依為命
渡過這夜蒼涼的光景吧

遊走的樹

在城東我看到馬路兩排的樹木
我不知道它們的名字。它們整齊安靜地
用雨水和秋風書寫它們的攏聚和成長
今天，我從它們那一片片的話語當中走過
遂省悟到絕對的孤單原是一種生命的熱鬧
更有季節更有陰晴，也更有蒼白和翠綠

渴望攜著美人穿過另一個季節
這些遊走的樹讓城市更具塵世的慾望
我會抱著美人腰如靠著樹幹，並把它移植到
我的泥土裡。它生根然後枝繁葉茂

我喜歡的綠雲如蓋，我喜歡的下午
已然形成。而一生便這樣在樹下枯坐為禪

消失

猝不及防的消失會是生命裡最好的安排
告別妳居住的那個小城時，世界的一切正在崩壞中
我尋找不到當日的任何痕跡，那怕是一場
突如其來的驟雨。餘下的日子會是
在劫難中沉靜的屋簷下伴著一頭貓
貓也老，牠的姿態更緩慢，時光彷彿沙漏般無聲
那個小城和那條河，如一幅畫圖的佇立
一切與這一切，各歸屬於截然不同的世界
如果妳也成了這一切，婕詩派的所有述說將必成為經典
我的名字將在我消失後。窗外一片秋空
回來了，如歎息般的微風夜雨，如夢囈般的呼息聲

滿城霧色

窗外是皇城，在霧的隙縫間是那些逡巡著的布衣
他們的麻紗如保護色般隱伏在巷閭之間
轉角處都安設了閃動著的燈柱，讓整個城市
可以緩慢地向漆黑的東邊滑動。我蟄伏著

如一頭掙脫囚牢的獸要尋回原始的本性
在城市的荒誕是，我不知道我的本性是甚麼
白天是一個迷宮，晚上如一座遊樂園般
沸沸揚揚著那些嘈雜的話語。而霧始終未散

不與任何人往來，我在玩著一個霧裡的遊戲
霧是無邊無際的瀰漫著，我把自己愈縮愈小
比一盞燈火更微弱，那些在尋找我的仇讎或愛侶
不辨東西的亂竄，和我一同把燈火當作白晝

低窪地

那些俗世裡的繁花在秋冬之交仍盛開著迷人的脂粉色
它們是陌生於淳樸的本質，而生命於我仍熾熱如燄
我懷藏著卑微的等待如一株河岸的蘆葦開著潔白的芒花
紛紛擾擾的車流人影間，秋之後我也衣冠似雪

庸俗的城燃燒著璀璨的夜色，城堡卻是蒼涼無比
流落在這裡的歲月如一串串連綴著的落穗
點滴的飄散著，那傷痛如迷茫的夜色
我坐在咖啡館的一隅，冥想著遙遠的那片低窪地
飼養著最後的一頭小豬。那兒玉米樹高大果實飽滿
大地廣袤，地平線如牢籠的欄柵，惟翅膀可以跨越

大雪後，走過龍口西

馬路旁那些髹上白漆油的樹幹仍然佇立在那裡
像標示著曾經有一場大雪，積雪的厚度
我拖著燈光的幽黯從石牌走到龍口西
那些變改了的店鋪與路標表明了我此刻的孤單
仍然是命的，即仍然是在季節中不曾變改的
是一個虛擬的大雪日後，我孤單的愛

那些樹是柔軟的，歲月卻堅硬如冰塊
我想到一些關鍵詞：枯槁、冷漠與敗亡
我在這裡走過如憑弔一個短暫王朝的殞落
那散佚的都是奏摺與詔書，卻不曾有過

任何歷史的書寫。無人知道的篡位
最終是為了尋找一個妃子而流落民間

小豬

在消亡之中，寒天裡擁抱著最後一隻小豬
牠也安靜如鏡，如月色下一泓湖水
歲末呼嘯著的風與喧鬧不息的車水馬龍
在疫症蔓延的城市裡，疲憊飢餓的我
把小豬看成是一個柔軟的夢讓我永眠不醒

西羅西咖啡店

我又在深夜站在西羅西咖啡店門外
馬路上的樹幹排列成兩行像神殿的建築柱子
暗喻了生命裡某些際遇的茫然難測
夜色稠濃如湯，混雜的燈光色彩閃亮如
陽光底下堆疊著的南方蔬果

我是飢餓了，因為不歸的那人耽於逸樂
夜愈深沉，馬路像無盡的河川隱藏了它的
消融與誕生。「我好害怕，這裡
漆黑無光！」熟稔的聲音如歲末的鐘聲悠揚
「妳在那裡？」所有的黑暗都等待著黎明

最後

所有眼前的景物都是最後的存在，包括那些桃花般的人臉
我看到她們懷有一種季節般的情懷並常糾結在欲望中
而世間恆常冷酷。當我離開這個城市時
我總是在依依不捨時說，下週末這裡會有大雪紛飛

我只相信詩歌的偽善，而拒抗科學的真實
因為生命永遠的站立在最後的臺階上
所有的詮釋都是一種愚昧的信仰，不能通過檢驗
我推翻了我的生命，我坐在臺階上，今夜流年似水

冬至

冬至來了，人間便有種蕭條的感覺
一切的物象都緩慢起來包括夜晚
悠長的黑暗裡，我藏身於狹小的屋子內
為那未知的審判作好準備

沸水裡的湯丸擠壓又顛簸著，恍如這仍可數算著的
日子。窗風清冷，檻外貓的叫聲淒楚
我堅持著習俗給予我的慰藉
而那難以述說的，是言辭所抵達不到的傷口

婕詩派

下卷：二零一六年作品

附

錄

婕詩派宣言

2016/08/20 13:45

只有你才是永恆的停留如
我詩卷裡所預言的而終成為歷史

——〈崖與門〉

婕詩派 jetshipei

始創詩人：秀實
成立日期：2015.10.

一、宣言（2點）。

A、重權。

　　無論任何題材，詩都以抒情為其主調。因為時代轉變，人與人間的假情關係已牢固不破。婕詩派認為，擁有愈大的權力其情愈真。權愈大方有可能出現全心全意的愛。而非世俗的因存活而愛、因生計而愛。世俗這種愛是騙人瞞已而又彼此視為生命常態。在現實的情況底下，最大的權力已是尋回真愛的唯一方法。本派主張詩人寫作時，放肆運用其對萬物命名與解釋的權力，設想自己為「帝皇」為「造物主」，反抗約定俗成的潛行規則，以尋回萬物間的真愛。「婕」為古代女官名。性別成了權力的劃分方式，官銜又是權力的彰顯，惟有擁有絕對的權力才可能釋放真愛。

B、寫真。

　　世相浮泛而多變，真相隱藏於其中不易為詩人發現。婕詩派主張書寫真相而不寫世相。要知道，人之本性雖則所變不大，但人類的思想與語言已同臻複雜，決非古時境況。故善於運用長句方有可能把真相準確書寫出來。道理類似當今的法律條文，以日常長句來界定世間事理之真實版本。簡短的句子只指涉簡單的思想，不能對真相作出正確的述說，並可能出現部分述說和表層述說的弊端。以長句書寫世間真相，才是詩歌的優秀語言。「婕」為古代女官名。婕好在朝廷以外與皇帝述說，也決非廟堂之用語。其句必較長而繁複，以昭真相。

二、參考資料。

荒林：秀實先生，我很欣賞你說的，用詩歌語言思考問題。不僅
　　　準確說出了語言作為思維載體的特徵，而且指出了詩歌創
　　　造語言，其實是改變人類的思維，這對詩歌語言是很高要
　　　求，對成為詩人的語言要求，真的很高。不是說寫寫詩就
　　　是一個詩人了。詩人是思想家，也是語言家。這個難度，

不是一般。和你們兩位元詩人對話，我感到也是思想語言的對話。

秀實：2007年是我詩歌語言的分水嶺。我開始自覺用繁複的語言表達複雜的世相。我的創作經歷了一個發展過程，語言形成繁複風格，是一個認識的飛躍。過去總有人說，詩人把事情簡單化，詩歌表達要簡單明瞭，但我反對這種說法。我反對一種簡單化的思維和語言處理方式。我發現人的內心思想的複雜，如果用過簡的語言、簡單的句子，不足表達思想的過程。我選擇繁複的語言，讓語言呈現思想過程的豐富複雜。

荒林：在閱讀秀實先生詩歌的時候，我感到文化、歷史、哲學，許多知識背景被調動起來，感到你的文本後面，有很多豐富的文本在說話，感到人類過去的生活，和今天的生活關聯在一起。更重要的是，感到人類的痛苦和孤獨，古今相通，一種共鳴和博大的悲憫。你對自己所追求的繁複風格，有一種什麼樣的期待呢？

秀實：2015年10月我成立了「婕詩派」。「婕」是古代女官的名字。取名「婕詩派」有兩重意義：一是「重權」。詩為萬物命名，詩歌語言是經由詩人的思想（想像）來命名，思

想可以變改很多事實，可以顛覆很多規條，詩人要把複雜的事寫出來。二是「長句私語」。婕妤說的是一種私語，她用這種身分來與皇帝講話，不同於文武百官的公文和應酬。她講內心的話，作為皇帝的愛妃，她的話必然有異於一般人。我在2015年寫下了一系列的「婕詩派詩歌」，以長句來與這個世界對話。讀者必得下些功夫，才能分享到我詩歌的語言藝術和思想刻度。懶惰的讀者不會是好讀者。就像不學足一百幾十小時的開車，又怎能擁有好車技呢？我希望讀者讀我「婕詩派」的宣言，更要讀我「婕詩派」的詩歌。

（擇錄自「地域、都市、現代性及語言創造──秀實和姚風，港澳詩歌對話」，對話者：香港詩人秀實、澳門詩人姚風，訪談者：女性主義學者荒林。刊《圓桌詩刊》第52期，2016.6.）

三、定稿。

宣言定稿於2015.9.3.凌晨2:15臺南大億麗致酒店1203房。

四、作品範例。

　　婕系列8首，包括：另一種存在、面朝大海、兩個世界、書齋生活、傷心、時間、紋身、婕系列。見「詩生活」網站詩人專欄序號X「秀實空洞盒子」之「婕詩派系列」作品。

讀詩人116　PG2093

 婕詩派
　　——秀實詩集

作　　　者	秀　實
責任編輯	林昕平
圖文排版	周妤靜
封面設計	楊廣榕

出版策劃	釀出版
製作發行	秀威資訊科技股份有限公司
	114 台北市內湖區瑞光路76巷65號1樓
	電話：+886-2-2796-3638　傳真：+886-2-2796-1377
	服務信箱：service@showwe.com.tw
	http://www.showwe.com.tw
郵政劃撥	19563868　戶名：秀威資訊科技股份有限公司
展售門市	國家書店【松江門市】
	104 台北市中山區松江路209號1樓
	電話：+886-2-2518-0207　傳真：+886-2-2518-0778
網路訂購	秀威網路書店：https://store.showwe.tw
	國家網路書店：https://www.govbooks.com.tw
法律顧問	毛國樑　律師
總 經 銷	聯合發行股份有限公司
	231新北市新店區寶橋路235巷6弄6號4F
	電話：+886-2-2917-8022　傳真：+886-2-2915-6275

出版日期	2018年9月　BOD一版
定　　　價	260元

國家圖書館出版品預行編目

婕詩派：秀實詩集 / 秀實著. -- 一版. -- 臺北
市：釀出版, 2018.09
　　面；　公分. -- (讀詩人；116)
BOD版
ISBN 978-986-445-268-2(平裝)

851.486　　　　　　　　　107011635

讀 者 回 函 卡

感謝您購買本書,為提升服務品質,請填妥以下資料,將讀者回函卡直接寄回或傳真本公司,收到您的寶貴意見後,我們會收藏記錄及檢討,謝謝!

如您需要了解本公司最新出版書目、購書優惠或企劃活動,歡迎您上網查詢或下載相關資料:http:// www.showwe.com.tw

您購買的書名:_____

出生日期:_____年_____月_____日

學歷:□高中 (含) 以下　　□大專　　□研究所 (含) 以上

職業:□製造業　□金融業　□資訊業　□軍警　□傳播業　□自由業
　　　□服務業　□公務員　□教職　　□學生　□家管　□其它_____

購書地點:□網路書店　□實體書店　□書展　□郵購　□贈閱　□其他

您從何得知本書的消息?

　　□網路書店　□實體書店　□網路搜尋　□電子報　□書訊　□雜誌
　　□傳播媒體　□親友推薦　□網站推薦　□部落格　□其他_____

您對本書的評價:(請填代號　1.非常滿意　2.滿意　3.尚可　4.再改進)

　　封面設計____　版面編排____　內容____　文/譯筆____　價格____

讀完書後您覺得:

　　□很有收穫　□有收穫　□收穫不多　□沒收穫

對我們的建議:_____

_____

_____

_____

11466
台北市內湖區瑞光路 76 巷 65 號 1 樓

秀威資訊科技股份有限公司 　收
　　　　　BOD 數位出版事業部

....

（請沿線對折寄回，謝謝！）

姓　　名：＿＿＿＿＿＿＿　年齡：＿＿＿　性別：□女　□男

郵遞區號：□□□□□

地　　址：＿＿＿＿＿＿＿＿＿＿＿＿＿＿＿＿＿

聯絡電話：(日)＿＿＿＿＿＿＿　(夜)＿＿＿＿＿＿＿

E-mail：＿＿＿＿＿＿＿＿＿＿＿＿＿＿＿＿